나를 위해 울어주는 버드나무

나를 위해 울어주는 버드나무

이윤학 시집

문학동네

自序

살아가는 일은 바닥이 없는 갈증이다, 그래서
수시로 가까운 우물을 찾게 된다.
그 우물은 일찍이 누군가가
내 몸 속에 파 놓은 것이다.
어떤 때는 몸 전체가 우물로
변하기도 한다.

내 관심은 여전히 버려지고 잊혀지는 것에
닿아 있다. 나는, 언제나, 그 우물을 바라보고
퍼먹어야 할 것 같다.

그러나, 이 시집에 실린 시들은
그 우물을 메우기 위한 노력의 산물이다.

1997년 8월
이윤학

차 례

自序

제 3 부

제1 부

잠긴 방문

잠긴 방문 앞에서 서성이는 사람이 있네
그는 방금 방문을 잠그고 나온 사람이네
열쇠를 안에 두고 방문을 잠근 사람이네
아무도 없는 방문 안 아무도 상상할 수 없는
방문 안의 세계를 향하여, 그는 걸어가야 하네
어딘지 모르는 열쇠 가게를 향하여 걸어가야 하네

사다리

재떨이에 걸쳐져 재로 변한 담배 한 개비
필터만 남은 담배를 쳐다본다.
커다란 재떨이는 담배에게
흰 벽을 한 감옥과도 같다.
감옥의 벽을 넘다 죽은 죄수 하나,
죄수의 영혼은 벽을 타고 내려와 사라졌다,
죄수의 몸의 형체는 외부로 통하는
사다리꼴이다.

무수한 담배꽁초 위에
죄수들의 임시 거처였던 담뱃갑이
비틀려 버려져 있다.

목이 떨어진 석불들

이끼가 낀 석불들, 잔디 위에서
가부좌를 틀고 앉아 있다. 석불들에게
목은 몸의 일부에 지나지 않는다.
그 부분은 별로 중요하지 않다.
석불들에겐 표정이란 게 없다.

사진 찍히며, 몇천 년이라도
그 자리를 지킬 수 있을 것 같다.

석불들은 단지
제 몸의 무게로, 조금씩
잔디 속으로 빠져들고 있다.

화려한 유적

무당벌레 한 마리 바닥에 뒤집혀 있다
무당벌레는 지금, 견딜 수 없다
등뒤에 화려한 무늬를 지고 왔는데
한 번도 보지 못했다

화려한 무늬에 쌓인 짐은
줄곧 날개가 되어 주었다
이제 짐을 부려 놓은 무당벌레의
느리고 조그만 발들
짐 속에 갇혀 발버둥치고 있다

금장 가는 길

커브길 밖에
툭 튀어나온 거울이 있다, 그
거울은 엎어터진 기억을 떠올리고 있다.
그 거울은 모든 걸 확대하여,
구부려 버린다.

멀어지는 것, 그것은
벗어나는 길이 아니다.

돌아보지 마라, 거기
상처로 빛나는 거울이
지켜보고 있다.

고목 속의 풍경

저녁에 한번 바다를 내다본 후에
커튼을 치고 비디오를 보았다, 소파에 누워 깜박
잠이 들었다

그를 깨운 것은 고양이 울음이다
바다는 달빛 아래 잠들어 있었다, 그는
고목이 가로막고 서 있는 바다를 보았다

잠긴 문을 몇 번이나 확인했다
바깥에 널려 있는 빨래들
떠올랐다, 내부에는 다섯 개나 되는
시계가 한꺼번에 움직이고 있다
그것들은 모두 일정하지가 않다

스탠드를 끄고 형광등을 켠다
입구로는 들어갈 수 없다, 그러나
속으로 들어갈수록 커지는 공간,
고목에는 그런 공간이 있다

저녁에 보았던 그 바다,

그를 망쳐 놓았다, 그는
그런 착각에 사로잡혀 있다

바다를 등지고 서 있는 고목의
어두운 구멍은 언제나
그를 향하여 조그맣게 입을 벌리고 있다.

저녁의 공원

먹을 것 앞에서,
얼마나 고개를 숙이기 싫은지
비둘기들은 신음 소리를 내고 있다

고개를 숙이기 전의,
눈들은
붉고 작은 전구 같다

한꺼번에 다
아프자는 건지,
떼거리로 몰려다니며,
날개 달린 거지들은 쉬임없이,
신음 소리를 내고 있다

여기가
지옥이라고,
꾸욱,
꾸욱,
꾸욱, 일러준다

안 보이는 곳의 상처를
날개로 펴낼 수 있다면

비둘기들은 이제
나뭇가지에 앉아
날갯죽지 속에
고개를 넣고 있다

수은등이,
나뭇가지 위의 거지들을 비추고 있다
거지들은 나무의 상처인 열매들처럼
제 몸으로 둥지를 틀고 있다

오락실

잠시도 쉬지 않는 고통을
잠재울 수 있는 화면들을
켜 놓았네.

수십 종의 화면들
머릿속에 들여놓고 말았네.

벌써부터,
나에게는
과거가 사라지고 없네.

지금부터 시작되는 화면 앞에서
쥐구멍은 없네.
반복되는 화면 앞에서 나는
시체나 다름없네.

내 머릿속에
누군가,
지긋지긋한 오락실을 차려 놓았네.

언제나 밤을 모르는 머릿속의 태양이
이 숨겨진 꼭대기의 오락실을 위해,
끊임없이 따라다니고 있는 거네.

수영 약국

진주 아파트 신축 공사장 앞 사거리
수영 약국이 있다.
약이라 씌어진 네 개의 붉은 글씨,
커다란 유리에 붙어 있다. 그
약들의 둥글고 투명한 눈들,
거리를 내다보고 있다.

약국 안에는
이발소 간판이 돌아가고 있다, 잎사귀 푸른
화초들이 구석에 놓여져 있다, 그곳은
어항이나 수족관을 연상시킨다. 그곳의
문을 열거나 닫을 때마다
물이 쏟아져 나올 것 같다.

자신의 아픈 곳을 알고 있는 사람들
자신이 어떤 약을 먹어야 한다는 걸
알고 있는 사람들, 저 문으로 드나든다.
저 문 위에는 종이 달려 있다.

사람들은 물 속으로 들어갔다

금방 나온다, 어두운 조제실은
물밑에 조그맣게 자리잡고 있다.

옥상의 의자

밤에 옥상에 오르는 것은
방을 옥상으로 옮기는 것,
방의 천장을 하늘로 바꾸는 것,
방의 천장은 죽은 추억을 떠올린다.

그곳엔 흐릿해진 꽃잎들이 있을 뿐이다!
그 꽃잎들은 바뀌지 않는다, 위치를
바꾸지 않는다.

구름 속의 별, 구름 속의 달,
구름 속으로 흘러가는 시간들,
그 낮은 하늘엔 파리들이 매달려 있다,
그 하늘에 매달려 죽어 있다.

식탁의 의자 하나를 빼내어
옥상에 올려 놓았다, 흘러가는 천장, 끊임없이 변화하는
천장을 보기 위한 것이다.

별과 달, 그리고 구름들은
싫증난 천장의 벽지를 대신하는 것이다.

난로 위의 주전자

―형준에게

난로의 불은 내게, 불이 켜진 창문
커튼이 쳐진 창문을 보게 한다

누군가 켜 놓고 잊고 퇴근한
사무실의 가스 난로 위에
주전자가 올려져 있다
밤새워 쪼그라들 주전자 속에는
끓는 물이 있다

떨고 있는 주전자 속에는
형을 기다리는 죄수들,
차례를 기다리는 죄수들이 있다
영혼이 빠져 나갈 수 있는 구멍
밖으로 뚫려 있다

바닥이 탈 때까지 바닥이 사라질 때까지
난로 위의 주전자, 더운 김을 뿜어 올린다

극에 달한 고통만이,
영혼을 건져 올릴 수 있다

암흑 속을, 불빛을 깜박거리며

계단 아래,
겨울의 뜰이 펼쳐져 있다
뜰은 회색의 담장 안에
저녁의 우울을 담가 놓고 있다,
쓰레기를 태우던 드럼통은
희뿌연 잿더미를 채우고 있다

얼마나 뜨거웠던가
탐스러운 홍시들은 아직도
그 열기를 그대로 간직하고 있다

나는, 대신, 혹독했던 연기를 기억하고 있다
나는 연기가 빠져 나가는 동안
회한이라는 긴 통로 안에
갇혀 있었다

이 난간은,
네온을 두른 십자가들을 바라보는
마지막 구렁텅이와 같았다

빌라 옥상 위엔
몇 년째 분양 광고탑이 서 있다,
그 너머는 지금 암흑으로 변해 있다

암흑 속을, 불빛을 깜박거리며
높이, 소리 없이, 비행 물체가
지나가고 있다

진흙탕 속의 말뚝을 위하여

저 머리들은
망치 자국을 가지고 있다
넓은 손바닥을 펴 들고 있다

퉁퉁 불은,
저 말뚝들은 썩어가고 있다

푸르른 이끼들,
무수한 망치 자국을 떠받들고 있다

말뚝들은
무너지는 육체와 정신의
경계에서 견디고 있다

터질 듯한 배때기,
허물어지는 경계에
힘겹게 매달려 있는 단추들! 옷이
찢어져도 떨어지지 않는다

언제나 나에게 독기를 불어넣어 주는 고통이여,

나를 비켜가지 말아라

터진 뚝은 다시 터진다, 홍수는 지나간다

버들강아지 가지 하나가

얼음이 풀리고 강가에 나갔네
십 년 동안, 아니 그보다 더 오랫동안
편지를 쓰지 못했네

목화씨를 닮은 버들강아지들
다닥다닥 피어 있는 강가에서
이제 막 얼음이 풀려 나간 강가에서
버들강아지 가지 하나가
강물 속에 펜 끝을 대고,
글씨를 쓰고 있네

그 많은 목화씨들이,
그 가지 끝을 따라 흔들리고 있네

얼음이 풀린 환한 대낮에
얼음 속에서 꼼짝 못한
버들강아지 가지 하나가
얼음 속이던 그곳에서
긴 편지를 써 가고 있네

유리컵 속으로 가라앉는 양파

유리컵에 물을 붓고
싹이 나기 시작한 양파를
올려 놓았다. 양파의 하얀 뿌리들,
바닥을 향해 내려가고 있었다.

파란 양파의 머리카락들
꿈을 꾸고 있는 머리를 보는 듯했다.
꿈은 갈수록 흐릿해지는 것이었다.
파란 양파의 머리카락들
TV 화면을 가리기 시작했다.

머리카락은 곧 잘려 나갔다.
양파의 발들은 바닥에서 엉켜
둥그런 둥지를 틀기 시작했다. 꿈을
다 꾸어 버린 머리통인 양파 속은
텅 비어 있었다. 유리컵은
뿌옇게 변해 있었다.

가벼워진 양파,
자신의 둥지 속으로 내려가고 있었다.

처절한 연못

내가 지금 끔찍한 것은
그에게 떠넘긴 상처 때문이다.
저 연못의 유일한 표정은 연꽃이었다.
수면 위로 끊임없이 떠올라 터지던
작은 물방울들, 간 곳 없다.

이 연못을 걸어가면 포도 농장이 나온다.
그리고 회관과 외딴 집들, 나는 회관까지 걸어갔다.

저녁이 오고 있다.
거친 바람이 포플러 가지를 흔들고
마지막 햇빛이 포플러 가지를
바닥으로 끌어내려 앙상한 그늘을 드리우고 있다.

파헤쳐진 연못이 보인다.
애를 긁어낸 여자의 자궁과도 같을
얼어붙은 연못의 처절한 바닥,
허연 얼음 위에
긁힌 살처럼 진흙 더미들이 올라와 있다.

손과 발에 마른 진흙을 붙인 채
포크레인이 한 대,
수영 금지 푯말 위에
멈춰 서 있다.

과수원길 3

길가에는 쌍둥이 무덤이 있었다, 그
무덤을 가리키며
아이가 물었다, 아빠
저게 영어로 뭐야

중년 남자가 경운기를 몰고 가고 있었다
경운기에는 肥育 사료가 실려 있었다
그의 아내가 머리에 수건을 쓰고
짐칸에 앉아 있었다

아카시아 꽃이 피어 있었다, 아카시아
꽃이 주렁주렁 열려 있었다
아카시아 꽃에서 나는
향기를 맡고 있었다

아카시아…
작은 이파리들보다도 많은
흔들림과, 떨림과, 설렘이
내 마음속에 모여 살던 적이 있었다

아빠는, 그것도 몰라
'하우스' 아니야

제 2 부

거대한 고드름

석유통을 들고 걸어가다 본다,
고드름은 고가도로 기둥 옆에 붙어 있다,
쿵 쿵 쿵 쿵…… 전철이 지나간다.

떨어져 나가라, 빌어먹을
눈물을 흘리는 고드름,
아스팔트 바닥을 뚫고 들어갈 듯이
날을 세우고 있는 거대한 고드름!

봄밤

봄밤엔 보이지 않는 문이 너무 많다.
봄밤엔 보이지 않는 문틈이 너무 크다.
캄캄함을 흔드는 개구리 울음 속에서
코 고는 아버지, 밤새워 비탈길 오르시는 아버지,
어금닐 깨물고 계시는 아버지.

불 끄구 자라, 불
끄구 자야 한다.

오십 몇 년간, 밤새워 비탈길 오르시는 아버지.

불을 끌 수 없다, 불을 끄고
캄캄해질 자신이 없다. 혼자가 될
자신이 없다.

비탈길 위에는 밤하늘이 있고
울음과 안간힘과 끈덕짐을
먹고사는 별들이 있다.

부자가 누워 있는 작은 별의 방은

언제나 비탈길 맨 아래에 있다.

깊은 곳

여자는 접문을 닫고 들어간다
여자의 양쪽 손엔 빈 양동이가 들려 있다
양동이는 찌그러진 은빛이다, 그녀의 은빛
머리에 가로로 비녀가 꽂혀 있다
그녀는 이제 늙었고 뚱뚱하다, 숨이 급하다

그녀가 사는 城은 산밑에 있다
그곳엔 오동나무와 은행나무
앵두나무가
갈라진 가지를 쳐들고 있다

그녀가 다녀간 豚舍는
이제 어둠 속에 묻혔다, 그곳에서
구정물을 뒤지는 돼지들

그녀는 두꺼운 안경을 끼고
아궁이 앞에 앉아 있다
그렇게 자신의 빈방에
불을 지피고 있다

그녀 앞의 그 굴은 거의 막혀 있다,
불길이,
확,
그녀에게로 덤벼든다

그녀는 막힌 굴을 들여다보고 있다
갈퀴 손으로
안경 속의 질퍽거리는 눈을 비비고 있다

감추어진 것들

알루미늄 샤시에 끼어 있는
네 장의 긴 유리,
병풍을 펼쳐 놓고 있다.
한 장의 거울을 만들어 놓고 있다.
거울의 내부에는
주차장 셔터가 내려져 있다.

보경 쌀 상회 간판에는
접착제 자국이 찍혀 있다.

주차 금지,
내 마음의 입구에도
저런 붉은 글자가 박혀 있다,
저 펴진 주름들은
갈라진 거울의 내부
깊은 곳에 박혀 있다.

보경 쌀 상회 벽에는
무게와 부피가 같은 부대들이 쌓여 있다.
부대들은 포장이 잘된 것들이다. 내부의

대부분을 차지하고 있으나, 부대들은
외부로 감추어진 것들이다.

집 없는 길

사발 시계의 초침 소리
형광등의 없는 날개 터는 소리,
그것들만 없다면
이 방안은 침대가 놓인 무덤 속이 된다

치울 곳이 없는 밥상과
이곳만을 비추다 말 화장대의 거울,
전화기와 가습기, 허옇게
이곳만을 담고 있는
텔레비전의 화면,
장롱 속의 이불과 옷가지

사방이 벽으로 둘러쳐진다면
이 세상이 이 방안에 갇히게 된다면

얼마나 많은 태양을 놓친 뒤이겠는가, 하지만
나라는 인간은 모든 것으로부터 잊혀졌을 때에만
자유로운 존재다

태양의 빛을 머릿속에서 잃어버리게 될 때

나는 더이상 나를 못살게 굴지 않아도
나에게 속지 않아도 된다

둥근 달

주방의 벽에 걸어 둔 감자가 담긴
검은 비닐 봉투를 들고
밖으로 나왔다.

네온을 두른 전기 십자가,
달을 지지고 있었다. 달은
전기 인두를 떨어뜨리고
떠오르고 있었다.

싹이 나기 시작한 감자들
난간 위에 펴 놓았다, 이걸
어디다 묻어야 하나!
달의 싹인 푸른 하늘이 보였다.

묻히는 고통 없이,
파내는 고통 없이,
어찌 견딜 수 있겠는가……

달이 묻힌 자리마다
달의 열매인 별이

다닥다닥 열렸다.

집

낮 동안, 제 집을 쫓아다닌 그림자
저녁에 문 앞에 와서 보니, 그 그림자가
나였다는 생각이 든다. 잠긴 문 앞에서
기다리는 동안
나는 집으로부터 쫓겨난 영혼이다.

나는 지금도 집에 가기 위해 목발을 가지고 있다.
다른 집을 찾아가기 위한 목발,
내 영혼도 목발을 짚고 쫓아와 있다.

평생을, 아픔을 끌고 다녀야 하다니!

나를 생각할 때만큼 고통스러운 적은 없다.

거꾸로 도는 환풍기의 날개

코드가 뽑힌 채
환풍기의 날개 거꾸로 돌고 있다, 그
더러운 날개는 구멍 속에 고정되어 있다. 구멍은
더러워지면서 좁아진다,
나는 구멍을 더럽혔다

거꾸로 도는 환풍기의 날개,
나는 구멍을 통해
무엇도 불러올 수 없음을 안다

늙어 죽을 때까지 사는 사람들은
모두가 위대하다

나보다 나 자신을 저주하는 인간은
이 세상에 없다

저수지 2

바닥의 중심에
양수기의 호스가 닿아 있네

고기들은
비늘과 가시들을 남겨 놓고
딱딱하게 굳은 뻘 위에서
증발해 버렸네

바닥 위에는
농약병과 술병이 있네
그 속은 어둡고 비어 있네, 물이
들어가 있던 데까지
허연 표시가 되어 있네

갈라진 바닥을 걸어가네
빗물로 다시 채워질 바닥
고기들이 내려와 살아갈 갈라진
바닥 속을 벌리며
여름의 태양이 타 들어가네

밤나무

소풍 나온 아이들
풀밭에 앉아 노래를 부르고 있다,
박수를 치고 있다.

밤나무 밑에는
할머니와 남자아이가 앉아 있다, 자
어여 먹어, 목 맥히지.

남자아이는 김밥을 삼킨다.
할머니는 자꾸 김밥을 입에 넣어 준다.
남자아이는 목이 막힌다,
눈이 붉어진다.

밤송이들이, 쩍 벌어져 있다.

고사목

무엇을 닦아 냈을까?
지지 않을 찌든 때가 전부인
짜 놓은 지 오래 된 걸레, 비틀리고
비틀려서 버려져 있다.

정상에서,
걸레의 먼 후손들이
자신의 생을 비틀어 짜고 있다.

사진 속에 갇혀 있는 연기

책상 앞에 걸려 있는,
저 액자 속에는 아직도
은행잎이 모아져 불타고 있다.
빗자루를 든 사람은 보이지 않는다.
불을 지른 사람도
사진 속에서 떠나고 없다.

저 사진 밖에는
여러 군데 얼룩이 져 있다. 연기는
웅덩이의 잿더미 속에서 피어오른다.
하늘은 잘려 나가고 없다. 그러나
그곳은 언제나 대낮이다.

璽印寺

내가 만지작거리던
가는 손가락들의 마디가
시누대나무 숲에는 얼마나 많은가

잘못 들어선 이 길 끝에는
헐린 절간이 있다

내 마음 한 구석에는
아직도 꺼칠꺼칠한
5월의 금빛 보리들이,
고개를 처박고
몸을 비비고 있다

내가 원했던 건
지루한 고독뿐이다
수많은 빈방을 가지고,
지키며 살아가는 그 것

그때,
내 가는 손가락들의 마디는

부러지는 소리를 내곤 했다
나는 시누대나무에 감겨 있는
넝쿨들의 조임을 마음속으로 느끼곤 했다

* 새인사 : 충남 홍성에 있던 절

콘크리트에 찍힌 발자국

무거운 짐이었을 누군가가 잠깐 지나감
누군가는 의식하지 못했음
누군가의 신발은 여러 번 바뀐 뒤임
신발들을 하나같이 기억하지 못함

쓰레기통

쓰레기통의 내부를
검은 비닐 봉투가 받치고 있다, 뚜껑이 없다.
쓰레기통은 하루에 한 번
속을 들어낸다.

가래침과 담배꽁초, 일회용 종이컵들
구겨진 신문들이
뒤죽박죽 섞여 있다.

열차가 곧 도착합니다……

나를 구겨 넣기에도,
그 속은 너무 어둡고 비좁고
터지기 쉬운 곳이다.

버려진 길

코스모스가 피어 있다.
이 길에 서 있는 아카시아는
이제 가지를 잘리지 않는다.

이 길에는 휴게소가 있었다. 지금은
버려졌지만 주유소가 있었다. 지금은
옮겨갔지만, 과일을 팔던 가게들이
포장을 치고
과일 직판
입간판을 내놓고 있었다.
밤새 불을 켜고 있었다.

이 길로는 어디로도 갈 수 없다.
이 갈라진 길가에는 사과나무 과수원
이 구부러진 길가에는
붉은 볼을 가진 홍옥들이
늙어버린 가지들을 찢고 있다.

이 길은 거대한 가위의
녹슨 아가리 같다, 이 길은

가위의 날이 합쳐지는 것을 보여준다.

등뒤에서,
해가 떨어지고 있다.

해청을 지나는 버스

염전의 웅덩이들, 염전의
무너지는 나무 창고

물 빠진 뻘과, 뻘의 발인
긴 고랑이 보인다
뻘의 상처는
긴 다리들을 가지고 있다

이젠 바다가 아닌 저 뻘의
굳은살 배긴 몸,
나는 버스에 실려 간다
벽에 걸린 붉은 빛이
들어간 풍경화를 본다

돌팔이 의사가 살던 집이 있다
충치를 빼러 들어갔던 그 집의
측백나무 울타리,
모르는 사람들이
등을 돌리고 막고 있다

멀리서 보면
이 창문들은 여전히
번쩍,
번쩍,
출렁일 것이다

무엇이든 담아 두기를 거부하는,
여러 개의 거울을 달고 가는 버스

어서 거울 속으로 들어가고 싶은 모습이 하나
출렁 출렁 들여다보며
따라오고 있다

한낮의 공원을 위하여

자신을 잃어버린 사람만이
한낮의 공원을 거닐 수 있다.

이 귀퉁이 저 귀퉁이,
앓아 본 자들만 나와 앉아 있다.

이제 거니는 게 아니라
살피는 게 아니라
화려한 벤치를 찾아다니는 게 아니라
언제 꺼질지 모르고 망가질지 모르는, 마음은
아직 십대인 사람들이
이 공원의 주인이다.

이 공원에서는
하늘을 보는 사람이 없다. 이 공원에서는
붉은 보도 블럭들이 하늘이다.
대부분을 잃어버린 사람들의 시선이
오래 머물 수 있는 곳.

치타야, 원숭이야, 코끼리야, 여우야, 당나귀야……

너희들만이 말을 알아듣고 할 줄 안다.
세상 말들의 끝은 침묵이다.

모든 것이 끝난 뒤에
자신의 텅 빈 우리가 남는다.

기울어진 전봇대
—태동에게

새벽에 창을 열고 별을 바라본다,
이 좁은 창틀 밖은
아직 어둠이 남아 있다.
나는 지나간 환상을 보고 있다.
환상 속엔 사내가 있다, 전봇대에
이마를 대고 있는 사내, 전봇대에
수은등이 달려 있다. 차츰
빛을 잃어가는
가로등 밑을 지나가는
헛것들을 보고 있다.

사내는 구역질을 하고 있다. 술이라는 것
환상이라는 것

그 빛은 차고
눈부시고
서러운 것이다.

전깃줄과 전홧줄, 바람소리
사내는 울고 있다.

이제 그만, 사내를 불러들이고 싶다.

고장난 수도꼭지에서

이 싱크대의 설거지통은 마개가 없다.
설거지통에 고개를 박고 있는 고장난
수도꼭지는 쉼없이 군침을 흘리고 있다.
밥풀을 하나 건져 먹고 싶어, 때로는
밥풀이 붙어 있는 그릇 속에서
군침이 흘러 넘치기도 한다. 그러나
밥풀은 군침 위에 떠 있다
군침과 함께 흘러 나간다,
허기진 구멍 속으로 사라져 간다.

풀렸다 다시 조여지는 목구멍,
컴컴한 구멍 속은 번번이
열려 있다, 뚝 뚝
떨어지는 물소리가 들린다.

조여지지 않을 때까지,
조금만 더, 비틀어 줘……

목련나무 아래 놓인 소파

　　—貞賢에게

닳아빠진 소파가 그늘들을 앉혀 놓고
썩어가는 자신의 속을 들여다보고 있네
실체로부터 추락한 그늘들
입 속을 보이고 있네

꽃봉오리들이 벌어질 때,
내가 가졌던 믿음들은 뒤집히고 있네
모든 꽃들은 뒤집혀서 버려지는 것이네

누군가는 불가능을 떠올릴 거고,
누군가는 과거로 돌아가려 하고,
현재로부터 추방당한 저 그늘들은
자신을 잃어버린 뒤라
기약 없는 기다림의 바닥에 귀를 대고 있네

한 겨울을 뜰에서 보낸 소파는
대문 밖으로 버려질 거네

병들지 않기 위해,
고물딱지가 된 꿈들을
밖으로 내다 버려야 하는 거네

잠만 자는 방

아이에겐 모든 낮이 아침이다.

"아빠는 잠만 자다 나가,
아침에 잠만 자다
어두우면 나가……"

장난감 그릇을 들고
방으로 들어가는 아이가 말한다.

"아빠를 좋아하는 사람은
이 세상에 하나도 없어!"

열린 창문의 커튼이 들린다.
어두운 바깥 풍경이 보인다.

쿵! 바람에 방문이 닫힌다.

금강 휴게소
─물 구경

당신을 보고 오는 길,
화장실 창문 너머로
검푸른 물이 보인다
물 구경 하는 사람들이 보인다

물은 왜 물들이 아닌가
사람들은 왜 사람이 아닌가

고속버스에서 내려 십오 분간
세상의 길들처럼 끊어지지 않고,
계단을 타고 내려가는
물을 구경한다

넘쳐흐르는 물을 구경한다
끊어지지 않는 물,
부서질 때만 잠깐,
하얗게 변하는 물을 구경한다

고개 떨구고,
물 속의 자신들을 구경하는
사람들을 구경한다.

나를 위해 울어 주는 버드나무

자신이 만든 그늘에 고개 숙이고
평생을 살 여자 있다면, 그
그늘 밑에 신문지 깔고 눕고 싶네

변하는 것들이 얼마나 많은지 가짜인지
알고 싶네

버드나무 그늘 벤치에서, 헤
입 벌리고 잠든 남자들

떠나기 위해
매미들은 악을 쓰며
울고 있네

그 여자의 숨소리,
아주 작은 머리카락 흔드는 소리

날개 없이 날아다니는 것들이
헤매게 하네

제3부

겨울에 지일에 갔다 1

지붕이 날아간 집에 들어갔다
대문이 없는 집이었다
떨어져 나간 방문과
빗물 자국을 한 벽지의 꽃들

이 세상을
꽃상여로 보여 주던 그 꽃들은
사라지고 있었다

누가 심어 놓고 갔는지

아무렇게나 자란 국화 한 무더기
그 집 마당가에
시들어 있었다

겨울에 지일에 갔다 2

방앗간 앞에
경운기의 짐칸이 버려져 있다
그곳은 양지 바른 곳이다, 늙고
병든 사람들의 차지다
그들은 쭈그리고 앉아 담배를 피우고 있다
그들 앞에는 연못이 있다, 산과 헐벗은
과수원이 펼쳐져 있다
그들은 그렇게 앉아서도 지팡이를 하나씩
잡고 있다

대나무 숲이 그늘로 지운 우물은 덮여 있다
담쟁이 넝쿨은 돌담을 가려 주고 있다
돌담 위에 나무 막대기가 세워져 있다, 빨래들이
나무 막대기를 잡아당기고 있다

널린 지 오래 된 빨래들
주렁주렁, 고드름을 달고 있다

닫힌 문 앞에 여자가 서 있다
여자는 팔짱을 끼고 서 있다, 그렇게

오랫동안 누군가를 기다릴 모양이다

겨울에 지일에 갔다 3

—감나무

얼었다 풀렸다 하면서
터지고 쭈그러들고 있다,
가지를 떠나지 못하고 있다

홍시들은, 끝까지 환상을 버리지 못하고 있다

겨울에 지일에 갔다 4

빈 들판을 가로질러 난 길
이 길을 걸어가면
짧은 다리들이 나온다, 다리들이
길을 받쳐들고 있다

내 생은
뒤를 돌아보는 것으로 끝날 것이다,
다리 밑으로
얼음 밑으로
물 흘러가는 소리 들린다, 병자의
숨소리와도 같은 그 소리……

무너지는 다리 위에서
허옇게 얼어붙어 있는 길을 바라본다!

이 다리는,
두 개의 길이 엇갈리는
사거리다

겨울에 지일에 갔다 5

도랑과 탱자나무 울타리가 갈라서는 곳, 거기
새로 지은 절이 있었다. 절 뒤엔 오래 된 대숲이
자리잡고 있었다. 대숲 뒤로는 숨겨진 길이
하나 있었다, 텃밭과 울창한 잡목 숲으로 가는 길이었
다.

텃밭에 마지막으로 심어진 곡식은 옥수수였다.
낫으로 베어진 옥수수, 파랗게 올라왔던 새순은
시들어 있었다. 텃밭에는 재가 날리고 있었다.

골짜기엔 눈이 쌓여 있었고,
길은 골짜기를 타고 넘어 사라지고 있었다.
그 길은 묘지로 가고 있었다. 그 길에는
새 발자국만 무수히 찍혀 있었다.

나는, 그 길에서 수없이 멍금나무를 보았다.
푸르렀고 붉었던 열매들, 그러나 지금은
회색인 열매들.

푸드드드득……

꿩이 날아간 자리에
따뜻한 웅덩이가 남아 있었다.

겨울에 지일에 갔다 6

눈 위에 서 있는
수십 그루의 늙고 초췌한 배나무,
철조망 안에는
무수한 요지부동의 내가 들어서 있다

얼마나 많은 날들이 스쳐 지나간 것인가
그리고 얼마나 많은 사람들이 들어갔다 나온 것인가
저 철조망은 여러 군데 벌어져
밖을 삼키고 있다

나는 구멍 속을 바라보고 있다, 그곳엔
여러 갈래의 샛길이 있었다
길들은 창고와 연결되어 있었다
창고 안엔 부서진 나무 궤짝들이 쌓여 있었다,
그곳은 상엿집같이 음침했었다

그곳의 처마 밑에는
파란 풀들이 돋아나 있다

구멍 속의 길을 바라본다, 나는

구멍 속으로 들어갈 수 없다, 나는 지금까지
내가 아니다

내가 여태껏 달고 있는 열매들은
허연 봉지 속에 쌓여 있다, 그
열매들은 떨어져 박살나지 않았어도
이미 버려진 것이다

철조망 속에는 지금,
나로 인해 상처받은
한 사람의 내면의 풍경이 펼쳐져 있다

겨울에 지일에 갔다 7

하루는,
저 검은 기와집 대문 앞에
여자가 나와 있었다
나는 여자가 서 있는 곳을
지나가야 했었다

도랑에는 낙엽들이 들어차 있었고
물소리는 조그맣게
낙엽들 사이를 지나가고 있었다
여자의 시선이 끝까지
나를 따라오고 있었다

내가 지나가자
탱자나무 가지에 앉아
재잘거리던 참새들이
한꺼번에 날아올랐다

내 마음의 밑바닥은 비포장이다
시든 풀들을 밀며
거친 돌들이 튀어나온다

겨울에 지일에 갔다 8
—우물가

껍질이 벗겨진 나무토막들
기울어진 시멘트 담을 받치고 있다, 쩍
벌어진 시멘트 담 사이로 우물이 있다.
갈라진 우물가에 젖은 채 달라붙어 있는 낙엽들

너는 망했다, 너는 폐허다!
마당에 뒹구는 낙엽들, 마르고 마른 잡풀들!
아직 떨어지지 않은 이파리처럼, 구겨진
한 마리 새가 지저귄다.

어서 지나가거라,
다시는 돌아오지 말아라.

겨울에 지일에 갔다 9

거대한 물고기의 등짝,
비늘과도 같은 기왓장 위로
검고 매캐한 연기가 치솟고 있다

여기서 세월은 멈췄다
누구를 위하여
비늘뿐인 물고기를 굽고 있느냐
누구를 위하여,
파먹은 살점에 고인 어둠을
지키고 있느냐

변함없는 세월아, 세월아

불은 보이지 않는다, 거친 연기는
가본 적 없는 길을 잘도 간다, 불이
급히 연기를 부르고 있는 것처럼

새로 집을 짓는 사람은 없다
다시 돌아오는 사람은 없다
여긴 멈춘 시계의 부속품인 것,

나는 기억의 포로인 것,
나의 한계는 과거에 있는 것

논두렁의 서릿발 위를 걸어간다
논을 닫고 있는 얼음의 유리창,
잘렸던 벼포기들이
얼음을 뚫고 나와 있다

싹들은 시퍼렇게 멍이 든 채
허공을 향하여,
잘 가라, 잘 가!

손 흔들고 있다

겨울에 지일에 갔다 10
—연못 앞 벤치

모든 그림자가 길어진다

저녁에 벤치에 앉아 서로의
얼굴을 바라보고 있는 사람들은,
이 세상의 세월을 모두 앞에 옮겨 놓고
있는 것

구길 수도 없고,
다시 펼 수도 없는 것
지나간 것

나에게는 아프지 않을 자신이 있는데

—당신의 얼굴에 물결들이 지나가고 있어요
    그 물결들 밑에서 별들이 태어나고 있어요

세상의 모든 그림자가
노을과 함께 사라지고 있다

물결들이 사라지고 있다

제4부

구절리에서

여자아이가 끌고 가는 리어카에는
마대 부대가 가득 실려 있었다. 그
마대 부대들은 열십자로 묶여 있었다.
남자아이 둘이 뒤에서
마대 부대와 여자아이와 리어카를 밀고 있었다.

내장을 꺼내 놓은 구절리의 산들.

뒤에 처져 따라가는 아비인 듯 보이는 남자의
손가락 사이에 끼워진 담뱃불, 앞으로
한 걸음 뒤로 한 걸음, 그렇게 희미하게
쉬지 않고 타고 있었다.

벽 속의 관

이 길가에는 관상어를 파는 가게가 있었다.
이 길에서 보도는 차츰 좁아지고 있었다.

가게의 벽은 유리였고, 그
벽은 관을 하나 감추고 있었다.
관 속의 관상어들은 움직이려 하지 않았다.
괴롭지 않느냐, 물을 필요가 없었다.
거긴 벽이고 관 속이었다.

물 속에서 말라죽는 일은 일어나지 않았다.
운명을 바꾸려고 하는 것들,
끊임없이 움직이고 있었다.

관상어들은 벽을 뚫고 들어가
그곳의 무늬처럼 박혀 있었다.
모든 번뇌를 잊고
공중에 떠 있었다.

울긋불긋한 관상어들,
유리 구슬에 박힌

바람개비
무늬처럼
꼼짝하지 않았다.

구슬이 깨져도
구슬이 박살나도
나오지 못할 관상어들.

그곳에는 바닥이 없었다. 그 물은
한 번도 끓지 않았다.

얼어붙은 시궁창

얼어붙은 시궁창 위로
폐수가 쏟아져 나오고 있다
얼어붙은 시궁창을 뚫고 들어가고 있다
뜨거운 폐수가 쏟아져 나오는
플라스틱 파이프 속에서
김이 피어오르고 있다,
얼어붙은 시궁창 위로
김이 번져 나가고 있다

밤새 얼어붙은 시궁창 위로
싸락눈이 내렸다

얼어붙은 길,
뛰어가는 사람들의 입에서
김이 쏟아져 나오고 있다

이 세상은 쓰레기 하치장이다
이 세상의 길들은
쓰레기 하치장으로 가는 것이다

고가 철교 밑

고가 철교를 따라가는 전철의 몸이 휘어진다, 전철을
거대하고 투명한 벌레라고 생각한 적이 있다, 쿵
쿵, 쿵, 쿵, 쿵, 철교 밑이 흔들리고 있다, 철교 밑이
체 위에 올려져 있다

여긴 바닥이고 벽이다, 불 밝힌
상점들과 가지를 쳐낸 가로수,
밀려 있는 자동차, 그것들은 거대한
체 위에 올려져 멈춰 서 있다

자, 힘차게 까불러 보시라
가 닿은 적 없는 시커먼 하늘까지,
별이 내려다보이는 곳까지,
하나 둘 셋 넷……

어두운 구멍 속으로 빠져 나가는
전철의 꽁무니…… 길은 끝이 없는 벽이다, 시간은
벽을 뚫고 사라져 간다

깨어진 화분

겨울이 되어 방으로 옮겨 온
저 애물단지는 언제 것인가?
생일을 기억하는가?
개업일을 기억하는가?
머리통을 가르고
무엇이 지나갔는가?
무엇이 스쳐갔는가?
갈라진 화분, 몸통의 금들-
생의 진물을 토해 내는 틈이다

화분 위에 퍼져 있는 이파리들
가망이 없음에도
아랑곳하지 않는다

내가 먼저 알고 있다-
가망 없다는 말-,
끝이라는 말-,
그것들은 가느다란 철사줄에 불과하다

너를 붙들어 매어 놓은 것-,

견딜 수 있느냐는 물음이었다

이제 녹이 슬고 있다

화살

―구멍의 이미지

사거리에 몰린 자동차 뒤에서
부들부들 떨고 있는 구멍들……

그걸 틀어막으면 어떻게 될까
길 위에 주저앉아 무엇을 할 수 있을까
뒤로 돌아갈 수 없다, 돌아서는 순간
앞이 나온다. 그리고 여긴 사거리다.

神이시여,
언제까지 쏟아 내야
이 배설 욕구가 풀리게 될까요.

운전석에 앉아 신호를 기다리는
심각한 얼굴들, 유리로 된 화장실
변기 위에 앉아 있는 사람들.

너무 많은 걸 먹은 뒤라, 영원히
변기 위에 엉덩이를 맞춰야 할지도
모른다.

神이시여,
아기가 태어날 때
어떻게 죽을지도 미리
부모에게 속삭여 주십시오.

등나무 아래 벤치에서

삼십 년을 살아오면서,
사람들로부터 얼마나 멀리 떠나왔는가
사람들을 만날 수 없는 위치에 놓인
여름에도 차가운 콘크리트 벤치 하나를 차지하고
벙어리처럼 앉아
헤어진 사람들을 더듬어 본다.

음료수 자판기의 불빛이
그리고 공중전화 박스의 불빛이 비추는
누구라도 상상하기 어려운 인간이,
등나무 줄기 속으로
뜨문뜨문 보이는 별들을 바라본다.

암만 오래 산 인간에게도, 모기들은
아픔을 주지는 못한다.

연못에 박힌 전봇대

너에게 갈 수 없음으로
그렇게 할 수 없음으로
내가 바라보고 있는 것
무수한 떨림의 중심에
박혀 있는 전화 전봇대,
이 연못을 몇 바퀴 돌다
나는 떠나야 하리라.

이 연못은 벌써부터,
시체 썩은 물을 담고 있으니.
모든 것을 씻고 난 뒤에 남겨진 것이니.

곪기 전의,
계란 노른자인 듯한 태양이
아무리 깊은 데를 보여 주고 있더라도
나는 아프지 않을 것이다.

이 연못은 작은 전봇대 하나도
제대로 삼킬 수 없는 것이다.

벚꽃나무들의 거리
—(경주)에서, (경주)를 위하여

길가에 늘어선 평상의 빗물 자국,
분화구를 만들어 놓고 있다, 젖은
걸레로 훔치고, 앉고 싶은 평상.

꽃잎은 평상 위로,
보도블럭 위로,
아스팔트 위로, 굴러 떨어진다.

꽃잎들,
한낮의 주차장,
붐비는 관광 버스들,
꽃잎은 어지럽다.

더러운 장판이 깔려 있고,
유치한 무늬들이 널려 있는
평상을 지나가는 기억이여,
대낮에 술을 먹고 죽고 싶다.

덮어 주고 덮어 주는,
꽃잎들을 털어 내면서……

팔짱을 끼고……
손을 잡고 걸었던
길과 무덤 사이의 담이 높다. 이
길은 문까지만 간다, 이
길은 무덤과 추억 사이의 무너진 담이다.

꽃을 털어 낸 가지들,
다시 한번 날개를 달고,
퍼렇게 달아오른다.

긴 점포의 한낮

점포 앞에 세워진 자전거 두 대
서로를 잠그고 구부정한 모습을 하고 있다.
이 긴 점포 끝의 의자에서
나는 어디론가 떠나고 싶어한다.
자전거의 바퀴살은
이제 새롭지가 않다.
그곳에 머물러 있지 않는 햇살.

벽에 붙은 포스터들,
요란한 속을 뒤집어 보인다.
그곳엔 알 수 없는 그림과
거꾸로 보이는 글자의 그림자,
너무 깊이 내려왔다, 바닥은
또다른 벽인 것이다.

휴식이란 곧
간신히 기어올라온 낭떠러지로
떨어지는 것.

나는 왜 썩지 않는 것일까, 유리관 속에는

마취제 같은 형광등이 켜져 있고,
일방통행의 길을 오가는 차들……

유리문은 닫히지 않았다, 햇살과 바람이
유일한 손님인 이 긴 점포의 한낮,
내가 가졌던 모든 것은
감옥을 만들고
그 속으로 들어간다.

감옥 안에는 수많은
감방들이 딸려 있다,
긴 복도를 바라보는 간수
나는 감방을 지키는 일을 한다.

저녁에 과일을 사러 갔다

25분 칼라 현상소 앞을, 무릎을
짚고 걸어가는
소아마비 처녀를 본다.

지하철역으로 가는
마을버스를 기다리는 사람들,
허연 비닐을 두른 과일 가게 옆에
늘어서 있다.

무릎을 짚고 남은 손에
검은 비닐 봉투가 들려 있다,
축 늘어져 있다,
그 많은 머리통,
그 많은 해골바가지.

검은 비닐 봉투,
골목 안으로 들어간다.

빵 가게의 돌출 간판,
둥근 '빵'이,

한 번은 붉게
한 번은 푸르게
네온을 켜고 끈다.

'입구'라고 씌어진 곳,
갈라진 비닐을 가르고
안으로 들어갔다.

녹슨 창살 사이로

불독의 눈은 세상과 자신을 향하여
썩고 있었지
바닥까지 창살인 세상을 향하여
자신을 향하여
불독이 느낀 저주,
똥과 오줌

방앗간은 문을 닫았고
쇠사슬과 녹슨 창살만
남아 있다

불독이 지킨 건 무엇이었나
문을 걸어 잠근 방앗간, 시커멓게
파리 낀 밥그릇

바닥에 몸을 누인 채,
썩어가는 세상과 자신을 번갈아 바라보던 불독의,
떴다 감았다 하던
붉은 눈은 사라지고 없다

그 속을 가득 채운 풀이
녹슨 창살 사이로 빠져나와 있다

과수원길 4

시골 학교 운동장이 보인다
트랙을 따라 하얀 선이 그어져 있는 것이 보인다
거긴 아무도 없다, 아무도 보이지 않는다
수업을 받으러 다 교실로 들어갔다

이 길은 누가 내었는가
이 길은 어디로 가기 위한 것인가

집들은, 하늘과 땅 사이에 떠 있는 섬이다

이 길은 섬들을 거쳐 어디론가 사라진다
이 길은 온갖 종류의 냄새를 풍기며 지나간다
이 냄새들은 하늘과 땅과 섬들을 바라볼 때,
망설일 때 나는 것이다

이 냄새가 나를 끌고 왔다,
어딘가로 다시 버릴 것이다

곧 종이 울릴 것이다
그리고 아이들이 몰려나올 것이다, 나는

저 난쟁이 나라에서 들려오는 재잘거리는 소리를
듣고 있어야 할 것이다

난쟁이 나라에서 쫓겨난 거인
거인 나라에서 쫓겨난 벙어리,
이 길은 딴 세상을 그리워하는 자에게
텅 빈 운동장과 가르치는 교실을 보여주고,
냄새를 맡게 한다

탁자

이 탁자에는 추억이 깃들어 있다, 탁자를
그리고 추억을 더 쓸쓸하게 하는 것은
거울이다, 흐릿한 거울이 탁자를 비추고 있다.

네모진 탁자의 유리 위로 사내의 얼굴이 사라진다.
사내는, 괘종 시계가 열두 번을 치는 소리를
듣지 못한다. 사내의 얼굴은 언제나 불덩이가
되어 있다.

사내의 등뒤론 언제나 없는 듯 계단이 있다.
계단의 니스 칠은 대부분 벗겨져 있다. 사내는
매일 밤, 계단을 통해 이곳에 도착한다.
지붕 위에는 비둘기들이 떼를 지어 앓고 있다.
사내는 계단 아래에 있는 피아노를 만지곤 한다.
검은빛의 피아노는 몇 년째 연주된 적이 없다.

탁자 위에 흩어져 있는 약봉지들이 보인다.
흐린 불빛 아래 사내가 잠들어 있다, 그곳은
어떤 바다처럼 보인다. 검은 탁자의 한 켠
그곳에서 사내의 깊은 신음 소리가 들려오고 있다.

골프 그물이 쳐져 있는 창문 속에

탁자가 놓여 있고 사내가 잠들어 있다, 그

이층집 난간 속으로 개들이 머리를 내밀고 있다. 개들
은

가로등처럼 희뿌연 콘크리트 바닥을 내려다보고 있다.

분수대

시냇물 소리를 듣는다
나는 계곡에 와 있다
이 계곡의 계절은 여름이다

나는 바위 위에 앉아 있다
흘러가는, 흘러 넘치는
깊은 웅덩이
속을 쳐다보고 있다

은빛 비늘을 반짝이는 피라미들, 가끔
잃어버린 것에 대해 생각한다

분수대의 모터는 몇 번인가 고장이 났다
물을 갈아 주지 않아서
물을 부어 주지 않아서
터진 적도 있다

고인 물을 끊임없이
뿜어 올리는 분수대 곁에서,
시냇물 소리를 듣는다

내 생의 모터는, 언제
고장난 것인가
터진 것인가

저 분수대 안에는
늙어서 죽는 커다란 거북이
한 마리
눈을 감고 살고 있다

소금 창고

기둥과 지붕이 남아 있네
기둥에 매어진 염소가 울고 있네, 바람이
울음을 쓸어 바다로 보내고 있네

염소에게는 한 마리의 새끼가 있네
새끼는 매어져 있지 않네, 그러나 새끼는
어미 주위를 맴돌고 있네

갈대 사이로 언뜻언뜻 보이는 어두운 웅덩이,
그곳을 쓸고 가는 거친 바람, 무수히
점을 찍는 가랑비, 그리고
내 발에 우연히 밟혀 있는 한 평
정도의 젖은 금잔디; 그곳은
내 병든 맘이 누워 쉬고 싶은 곳

소금 창고 안엔 염소가 깔긴
검정 콩 같은 똥들이 있네, 나는
흩어진 똥들을 금방
알약으로 바꾸네

소금 창고,
안개에 묻혀 있는 산
높이를 알 수 없는, 그
밑을 돌아 나가는 트럭의
빈 짐칸……, 붉은 등

활주로

폐광촌에 비가 오고 날이 저물었다.
빗물은 속이 없는 잎들을 적시고
땅으로 굴러 검게 변했다.

밤이 깊었다. 밤엔 모든 것이 혼자가 된다.
숨소리에서도 무섭게 짖어대는 개의 이빨이 느껴진다.
창문엔
비닐이 쳐져 있고 지붕 위엔 말라비틀어진 호박 넝쿨과
합판 위에 둥지를 틀고 있는 가여운 돌덩이들.

이 골목길은 대낮에도 초보들에게 한없는 터널을 연상
시킨다.
낭떠러지를 향하여, 그리고 오르막을 향하여
한없이 내달아야 하는 환상의 터널을…… 그러나, 이
골목길은
좁아지면서 끝이 난다. 이 골목을 지나기 위해서는
길고 단단한 톱날이 필요하다.

전봇대들은 얼마나 부질없는가! 웅덩이들을 먼 눈으로
느끼는

위로 받는 법을 모르는 빌어먹을 전봇대들, 그러나
담벼락들은 위대하다.

잊어라, 잊어라, 잊어 버려라,
불빛이 가까이 다가온다.

날아가기 위해서
달려오는 불빛, 웅덩이의 물을 퍼서
날개를 달고 달려오는 불빛, 털 없이
흩어진 날개의 살점들이 다시 모여
웅덩이를 만드는 동안, 빗물의 날개는
쏴아아 담벼락에 펴진다.

이 골목길은, 높이
그리고 멀리 날아가기 위한
어둡고 좁고 긴 활주로이다.

양철 지붕 위로 떨어지는 비

그가 만든 세계는 불화의 천국이다
어떤 이유로, 아침부터 밥상 앞에서
젊은 부부가 얼굴을 붉히고 있다

양철 지붕 위로 떨어지는 쉼없는 빗소리
그녀는 어항 속을 쳐다보고 있고
그는 고개를 숙이고 있다

저 혼자 틀어져 있는 TV에선
아침 드라마가 진행되고 있다, 그는
돼지우리를 떠올리고 있다……
콘크리트 바닥에 주저앉은 돼지들
지가 싼 똥을 깔고 앉은 돼지들,
그 세계는 언제나 불편한 곳이다

그 대신, 그의 무능을 질타하는
빗소리
이젠 끝이라는 말을 수없이
되풀이하는 양철 지붕 위의 빗소리

세숫대야에, 뚝 뚝
떨어지는 썩은 물이 한금 찬다!

이 세계의 완쾌를 빌고 있다

오동나무 가지를 치는 여자

저녁의 뜰에서 가지를 치는 여자가 있다.
여자의 허리 위로 개들이 뛰어오른다.
여자는 낫을 들고 가지를 친다, 가지는 휘어졌다,
끊어진다.

여자는 이마의 땀을 훔쳐낸다, 뒤로 묶인
여자의 머리는 반백이다. 개들은
여자 주위에 모여 눈치를 살핀다.
여자는 몸뻬를 뒤진다.

오동나무의 몸은 통이 크다, 오동나무는
담장 안에 갇혀 있다.

지렁이를 위하여

길바닥으로
퍼올려진 진흙 더미들
거기서 빠져나온 지렁이들
어쩔 줄 모르고 있다

딴 세상으로 가기 위하여
제 몸을 끊임없이 비틀어
채찍을 휘두르고 있다

더러움이 징그러움을 만들었다
더러움이 처음이고 끝이었던
세상, 헤치고 다녔다
파먹고 살았다

거기 아니면 살 곳이 없었다

한여름의 불판 위에 올려진 지렁이들
개미들이 데리러 올 때까지,
징그러운 몸뚱이를,
콘크리트 바닥에 하염없이 문질러 대고 있다

어두운 시장 거리

흐릿한 방범 초소의 불빛,
포장 위에 엉덩이를 깔고 앉은 빗물과
낮에 버려진 오물 더미들은 아무런 상관이 없다.
이 세상은 치워지지 않을 테니까, 지금은 밤이니까,
세상과는 상관없이 문을 걸고, 꿈을 꿀 밤이니까,
문 밖에 매인 고양이가
속을 긁어내는 소리로 울고 있다.

사내는 취해 있다, 시장 바닥을 잘 알고 있다.
쭈그리고 앉아서, 웅덩이를 바라보고 있다. 어느새
십 년 전 십오 년 전의 봄밤, 그 달밤이 고여 있다.

배꽃이 활짝 핀 밤의 언덕길
호수에 빠진 달은 그대로인데
호수는 작아져 웅덩이로 변했다.

얇은 달을 짓밟고,
바퀴들이 지나가고 있다.

세숫대야에 떠 있는 머리카락

바닥의 타일들
사이에 끼어 있는 때들
변기가 놓여 있고 둘둘 말려 있는 타월들
엎어져 있는 샴푸통, 말라붙은 이태리 타월
벽을 바라보고 있는 유리 거울, 칫솔 통의 칫솔들

언제 것인가, 세숫대야에 떠 있는 머리카락
세숫대야는 속이 다 드러나 보이는 과일을
담고 있었다, 과일은 지금도 투명한 빛을 뿌리고 있다

가까운 다른 세계, 세숫대야 속에는
그런 세계가 겹쳐져 있다, 멈추어진 세계
머리카락에 달라붙어 있는 비듬들, 떠 있는 것들

세숫대야는 물을 담고 식어 있다, 그러나
건드리기만 해도 잠이 깨지듯
정지된 순간은 바로 끝이 난다

벗어날 수 없다

파리들이 날아오른다, 파리들이 들끓는다
푸세식 화장실에 앉아 담뱃불을 붙인다
파리들, 한시라도 배고픔을 견딘 적이 없다
무엇이 배고픔을 견디게 하는지도 모른다, 벗어날 수
없다

날개라는 것,
밥에게로 갈 때만 쓰는 편리한 器具다, 견딜 수 없다
이렇게라도 살아야 한다, 나는
지금
파리들의 대왕이 된 느낌이다

동물들이 먹을 것 근처를 떠나지 못하듯, 결국
그 근처를 벗어나지 못하듯, 파리들,
문을 열고 쫓아도 금방 돌아온다

파리 대왕님, 어서 담뱃불 끄시고,
문 열고 나가 주세요

그러나 파리들의 못된 왕비님은 가끔

에프 킬라를 뿌리기도 한다
파리들은 아주
자기들 고향으로 돌아가기도 한다

시인의 운명

김태동(시인, 문학평론가)

평생을, 아픔을 끌고 다녀야 하다니!
―「집」에서

문명은 진화하는가, 퇴행하는가, 아니 소멸의 제의를 거쳐 다시 신생하는가? 아니다. 문명은 외형적으로 진화하는 것처럼 보인다. 객관적으로 우리는 그것을 묵도하고 있다. 반짝반짝거리는 저 진화의 외침, 거의 수성(獸性)에 가까운 소리와 육체들의 물결들이 증거해 보여주는 광기의 형국이 그것일 것이다. 광기를 광기로 극복하고자 하는 노력이 사방에서 벌어지고 있는 지금, 도대체 그 광기의 무기이자 근거인 몸은 다 어디 갔나? 식물성 광기의 다른 이름인 사랑은 없고 동물성 광기의 공격만 횡행하니 광기가 광기를 낳고 몸이 몸을 억압하고 근거 없음으로 그 근거를 합리화하

고 타협이 기만을 숨기고 그 근거가 되고 나아가 자기 모멸
과 적들에 대한 멸시, 회의에 가득찬 자기 연민의 언어, 그
야말로 자기 중심의 사적인 신화를 조용히 뿌려놓고 있는
형국이 진행되고 있다. 어떻게 이 문명의 찬란한 가속도가
그리고 그 억압이 타자의 잘못이며 죄 없는 시대의 잘못인
가. 더러는 어쩔 수 없는 환상의 비의를 제 심장에 꽂기도
하고 더러는 관념의 한없는 상상도를 길거리에 뿌리고 있기
도 하다. 이 삶이 근거가 없다는 말이 유표하는 비극적인
상황은 계속될 것이다. 문명의 거짓 진화를 향해 가는 이
근거 없음의 대열에 우리가 서 있다면 우리는 무엇으로 근
거하며 살아가나? 다소 비관적이며 무슨 거창한 질문들이
이윤학의 세번째 시집을 읽으며 내게 떠오른 첫 생각이다.
그 첫번째 해답을 향한 물음이 "너를 붙들어 매어 놓은
것-,/ 견딜 수 있느냐는 물음이었다".(「깨어진 화분」)

　나는 그의 시를 진정 견디며 읽도록 하자. 그의 시는 딱
딱한 이물질처럼 견고하고 퇴적층에서 방금 건져낸 깨진 유
리 조각처럼 섬뜩하고 오랜 유적의 냄새가 난다. 단적으로
말해 그의 시는 긴 시간을, 깊게 살고 있다. 그의 시가 긴
시간을 살아간다는 것은 이미 폐허가 되어버린 버려진 "축
사"나 "고목의 어두운 구멍" "비늘과 가시들을 남겨 놓고/
딱딱하게 굳은 뻘 위에서/ 증발해 버"린 물고기들에게로 향
하는 시선의 고고학적인 긴장이 불러일으키는 시간을 살아
감을 의미한다. 사물들은 거기 있지만 대개 우리는 그 사물
들의 무한히 변화하는 자체 시간을 인위적으로 분절해 바라

보고 정의하고 끌어오고 그리고는 그 본래 자리에서 서식하는 보이지 않는 변화를 알지 못하는 것이다. 시간이 단선적이고 믿음을 상실한 채 이리저리 길항하며 빌붙으며 새로운 환경, 새로운 시간을 거듭 만들어가는 상황을 연출할 때 우리는 그 얇은 새로운 것에 취해 근거를 상실한 채 사물 그대로의 제 시간의 깊이와 의미를 살지 못하는 무의미의 혼돈 속으로 세상을 끌어가고 마는 것이다. 그러니 우리가 서 있는 이 시간의 수락과 확장 작업은 지루하고 지루하도록 견딤의 세월을 역으로 살아내야 한다. 지금은 무서운 침묵으로 자신의 몸을 들여다보아야 할 때이다. 그리고 그 몸과 눈은 타자와 흡수되는 식물성이 좋을 것이다. 이윤학의 시적 진술의 모든 서술은 호흡이 느리고 각 호흡은 각 마디를 딱딱 끊어 사물의 자리를 조금씩 현상해내며 정의해간다. 어떻게 보면 평범해 보이는 그 진술들은 긴 시간 호흡을 멈춰본 자가 내는 마지막 한마디처럼 오랜 사물들의 내성을 품은 언어 자체의 리얼리티를 간직하고 있는 바 문명의 "바닥" 체험이 가져다준 깊은 시선이 그 비결이 될 수 있겠다. 시가 깊어지는 것이다.

커브길 밖에
툭 튀어나온 거울이 있다, 그
거울은 얻어터진 기억을 떠올리고 있다.
그 거울은 모든 걸 확대하여,
구부려 버린다.

멀어지는 것, 그것은
벗어나는 길이 아니다.

돌아보지 마라, 거기
상처로 빛나는 거울이
지켜보고 있다.

—「금장 가는 길」

시인의 시선(거울)은 모든 걸 확대하여 구부려버린다. 그
확대된 것들은 구부러지고 그것은 멀어지지만 벗어나지 않
는다. 거울은 그것을 놓칠 리가 없다. 항상 거기 그대로 있
게 만든다. 시인의 시선(거울)이 그 작용을 하는 것이다. 거
기 그대로 빛나는 거울, 확대하여 구부러진 기억의 거울, 그
거울의 시선이 또한 시인의 시선과 마주하고 있다. 오랜 응
시의 싸움이 계속된다. 돌아볼 것인가 말 것인가. 그 주저와
긴 침묵 사이를 오고가는 시선이 시인 이윤학의 시선인 것
이다. 그의 시선은 멀어지지 않고 거리를 두고 있다. 그 거
리가 때로는 구부리고 싶은 시인의 충동을 유발케 하여 강
한 살의의 시선을 갖게 만들며 그는 결코 그 시선의 거리를
벗어나본 적이 없다. 적어도 시선의 오랜 응시의 싸움에 지
지 않는다는 이야기이다. 이것이 그의 시를 단단하게 만들
어가는데, 왜? "거기 상처로 빛나는 거울이" 자신을 지켜보
고 있으니 그 유혹과 그 교감의 시선을 거둘 수 없는 것이

다. 그 시선은 상처를 파먹는 시선이다. 상처는 자기 증거의 확실한 표증이다. 상처는 자기 몸에서 피어나온 고고학적인 유물이며 자기 존재의 분명한 현재적 현시이다. 상처가 없는 생이 없듯이 상처가 없는 시가 없듯이 상처의 올바른 의미의 흔적을 들여다보지 않는, 못하는 자의 현존재는 금방 사그라드는 허깨비의 불꽃일 것이다. 시선은 오래도록 자신의 상처를 제 자신 상처의 눈으로 응시하는 운명의 시선인 것이다. 그는 그 운명을 응시하고 살고 있다. 어떻게 응시하는가?(편의상 이하 인용된 시들의 제목은 밝히지 않기로 한다.)

"나는 지나간 환상을 보고 있다"

"헛것들을 보고 있다"

"어두운 바깥 풍경이 보인다."

"거긴 아무도 없다, 아무도 보이지 않는다"

"구멍 속의 길을 바라본다."

"긴 복도를 바라보는 간수"

"흘러가는, 흘러 넘치는/깊은 웅덩이/속을 쳐다보고 있다"

"나는 구멍 속을 바라보고 있다."

　인용한 구절들의 "헛것"과 "지나간 환상" "깊은 웅덩이 속"과 "구멍 속"은 시인이 응시하는 대상이자 방향이기도 하다. 여기서 중요한 것은 시선의 방향이, 보이는 속이 아니라 안 보이는 속으로 나 있다라는 점이다. 안 보이는 속은 뭘까? 그것은 혹시 보는 자의 속이 아닐까? 헛것과 어두운 바깥 풍경은 이미 내부에서 만들어진 시선 그 자체일 것이다. 시선 그 자체로 나 있는 시선의 구멍, 그는 그것을 보고 있다. 그 구멍은 점점 깊어지고 어두어져가는 것 같다. 따라서 어둡고 컴컴한 "안 보이는 곳의 상처를/ 날개로 퍼낼 수" 있으려면 눈을 감아야 한다. 눈을 감지 않으면 외부, 즉 세상만 보인다. 자신의 어두컴컴한 삶과 죽음의 몸, 상처를 들여다보는 자는 "눈을 감고 살고 있"어야 한다. 아니다. 상처인 세상과 상처인 자신을 향하여 눈은, 떴다 감았다 하며 대상과 함께 썩어야 한다.

> 불독의 눈은 세상과 자신을 향하여
> 썩고 있었지
> 바닥까지 창살인 세상을 향하여
> 자신을 향하여
> 불독이 느낀 저주,
> 똥과 오줌

방앗간은 문을 닫았고
쇠사슬과 녹슨 창살만
남아 있다

불독이 지킨 건 무엇이었나
문을 걸어 잠근 방앗간, 시커멓게
파리 낀 밥그릇

바닥에 몸을 누인 채,
썩어가는 세상과 자신을 번갈아 바라보던 불독의,
떴다 감았다 하던
붉은 눈은 사라지고 없다

그 속을 가득 채운 풀이
녹슨 창살 사이로 빠져나와 있다

—「녹슨 창살 사이로」

　　세상과 자신을 향하여 함께 썩어가는 자의 눈은 어김없이 철기 시대의 문명을 떠받친 "창살"이 그 마지막 상징 되어 자신을 묶고 있다. 문제는 그 창살과 시인도 함께 썩고 있다는 것이다. 쇠사슬과 창살이 녹이 슬고 방앗간은 문을 닫은 지 오래인 이 문명의 퇴적층을 뒤적이는 "붉은 눈"(시선)도 썩어 사라지고 없어지려 한다. 그러나 문명은 버젓이 진화하는데 어떻게 그 눈은 녹이 슬고 썩어가고 있는가. 아마 시인이 느낀 저주가 그 문명을 썩게 만들었을 것이다. 함께 썩어가고 싶어하는 것이다. 똥과 오줌만이 그 문명을, 창살을 썩게 만들 수 있다. 썩지 않는 것은 비의가 자리하지 않으므로 바닥까지 가는 시인의 눈은 모든 버려진 것들, 버려져 제 스스로 문명의 퇴적을, 어둠을, 유적을 견디고 있는 것들만의 진정성을 믿고 의지할 따름이다. 거기에 시와 생이 있다. 오랜 석기 시대의 때가 허옇게 낀, 더이상 시인의 눈이 벗겨내지 못하는 버려진 존재가 거기 살아 있는 것이다. 시인이 지킨 건 무엇인가. "문을 걸어 잠근 방앗간," 그 비의의 공간이며 "시커멓게 파리 낀 밥그릇"의 머언 시간일 것이다. 시인의 역진화하는 마음의 공간과 시간, 퇴행을 선택한 자가 물끄러미 쳐다보는 "유적"지를 들여다보는 일은 여름 한낮 뜨거운 거름더미를 오래도록 응시하는 시선의 유폐를 견지하는 일이므로 우리의 몸은 이미 석기 시대의 화려한 유물의 냄새를 맡는다. 시인은 그 황홀한 아름다움의 비의를 생의 거부치 못하는 매력으로 감지하고 있다. 이토록 생은 버려진 것들에 있었다. 생은 이미 화석이 되어버린 "사진 속에 갇혀 있는 연기" 속에 있었다. 얼룩이 져 있는 사진, 생(연기)은 갇힌 채, 갇혀 있으니 침묵을 감싸며 조용히, 역으로 "웅덩이의 잿더미 속에서 피어오른다". 이제 그 잿더미 속에서 피어오르는 사진을 들고 "깊은 곳", '지일'로 가자. 그곳엔 "나로 인해 상처 받은 한 사람의 내면의 풍경이 펼쳐져 있"고 그 풍경을 들여다보는 또 한 사람이 거기 "출렁거리며 따라오고 있다". 보라. 그 풍경은 시간이 "멈춘" 흑백 사진의 그것처럼 "폐허다!"

"아무렇게나 자란 국화 한 무더기/그 집 마당가에/시들어 있었다"

"방앗간 앞에/경운기의 짐칸이 버려져 있다"

"내가 여태껏 달고 있는 열매들은/허연 봉지 속에 쌓여 있다,"

"염전의 웅덩이들, 염전의/무너지는 나무 창고"

"낫으로 베어진 옥수수, 파랗게 올라왔던 새순은/시들어 있었다. 텃밭에는 재가 날리고 있었다."

"창고 안엔 부서진 나무 궤짝들이 쌓여 있었다./그곳은 상 엿집같이 음침했었다"

"이 세상을/꽃상여로 보여주던 그 꽃들은/사라지고 있었 다"

상엿집 같은 컴컴한 세계, "무덤"과 "웅덩이" "우물가" 와 "저수지" "연못"과 "염전"이 자리한 폐허의 공간에 서서 그는 무엇을 응시하며 중얼거리고 있나? '지일' 시편을 중

심으로 뽑은 그의 잠언은

"이 냄새가 나를 끌고 왔다."

"변함없는 세월아, 세월아"

"나는 기억의 포로인 것,/나의 한계는 과거에 있는 것"

"너는 망했다, 너는 폐허다!"

"어서 지나가거라,/다시는 돌아오지 말아라"

라고 중얼거린다. 폐허는 유혹이다. 떨쳐버릴 수 없다. 그것
은 정말 "한계"다. 폐허에 위로를 받는 폐허의 시인. 이 솔
직한 몸의 시인을 보고 "싹들은 시퍼렇게 멍이 든 채/허공
을 향하여/ 잘 가라, 잘 가! // 손 흔들고 있다". 어디로?
'(경주)에서, (경주)를 위하여'라는 부제가 달린 시 「벚꽃
나무들의 거리」에서 그는 "더러운 장판이 깔려 있고,/유치
한 무늬들이 널려 있는/평상을 지나가는 기억이여,/ 대낮에
술을 먹고 죽고 싶다. // 덮어 주고 덮어 주는,/ 꽃잎들을 털
어 내면서……" 죽고 싶다, 라고 쓰고 있다. '지일'은 그의
과거이며 동시에 미래이다. 떠나온 곳이며 돌아갈 곳이다. 그
곳은 무덤이며 폐허인 동시에 시간이 멈춘 천년의 미래, 소
멸의 컴컴한 비의적 냄새가 난다. 폐허를 사는 것, 그것은 단

절과 소멸의 미학이며 흑백의 영원성이다. '지일'과 '경주'에 자리한 사물과 그것을 응시하는 시인의 눈과 몸이 그러하다. 다시 말해 시인은 "깊은 곳"을 깊은 눈으로 응시하고 있다.('지일'은 경주 근교 "저수지"를 갖고 있는 유적한 폐허다.)

> 이끼가 긴 석불들, 잔디 위에서
> 가부좌를 틀고 앉아 있다. 석불들에게
> 목은 몸의 일부에 지나지 않는다.
> 그 부분은 별로 중요하지 않다.
> 석불들에겐 표정이란 게 없다.
>
> 사진 찍히며, 몇천 년이라도
> 그 자리를 지킬 수 있을 것 같다.
>
> 석불들은 단지
> 제 몸의 무게로, 조금씩
> 잔디 속으로 빠져들고 있다.
>
> —「목이 떨어진 석불들」

 잘려지고 버려진 곳에 신성함이 깃들어 있다. "이끼"가 낀다. "천년" 세월의 사물과 자연을 "제 몸의 무게"로 "빠져"드는 이 비의의 뜨거운 여름 한낮과 같은 어둠을 꽉 껴안은 자의 아픔을 선택한 자가 누릴 수 있는 천년의 세월, 그러나 지금 이곳의 시인은 그 화려한 무늬를 한 번도 본

적이 없다고 한다.

> 무당벌레 한 마리 바닥에 뒤집혀 있다
> 무당벌레는 지금, 견딜 수 없다
> 등뒤에 화려한 무늬를 지고 왔는데
> 한 번도 보지 못했다
>
> 화려한 무늬에 쌓인 짐은
> 줄곧 날개가 되어 주었다
> 이제 짐을 부려 놓은 무당벌레의
> 느리고 조그만 발들
> 짐 속에 갇혀 발버둥치고 있다

—「화려한 유적」

어떤 운명을 예감케 하는 시다. 화려한 무늬를 지고 왔는데 그 무늬를 본 적이 없다. 앞으로도 없을 것이고 지금껏 보지 못했다. 다만 그 짐은 줄곧 날개가 되어주었고 문득 문득 날기도 했을까? 역설적으로, 화려한 무늬의 짐이 없었으면 날지도 못했다. 그 짐이 없었으면 뒤집히지도 않았다. 그렇다면 그 화려한 무늬에 쌓인 짐은 시인을 살게 한다. 짐이 시인을 살게 하는 이 역설이 우리 인간이 처한 운명의 역설이다. 우리는 오늘도 짐 속에 갇혀 발버둥치고 있는 것이다. 한 번도 보지 못한, 못할 화려한 유적을 짐지고 가는 무당벌레의 숙명, 그것을 우리는 시인의 길이라 명명할 수 있을 것이다. 짐이 곧 날개가 되어주는 천형의 길. 이윤학 시가 가는 길이 그 길이다.

단절과 닫힌 체험은 90년대의 리얼리티이다. 가짜 연대를 꾀하고 가짜 양식을 삶의 한 지표로 삼는 일련의 움직임들 옆에 혹은 밑에서 진정한 타자와의 조우를 갈망하는 자의 열린 의식은 역으로 닫힌 "감방"과 "빈방"을 만들어 철저히 내부로 향하는 시선을 응집시킨다. '광장'은 밀실을 만들고 개방은 폐방과 단절의 다른 이름이다. 적어도 우리가 경험하는 현실은 수많은 무슨무슨 '방'을 만들고 있으니 '방'의 주인인 우리는 즐기며 답답하다. 답답한 자가 '방'을 열 수 있겠지만 어정쩡한 '방'을 여느니 기어코 '방'을 "감옥"으로 만들어 "죄수"가 되자. 이것이 이윤학 시가 세번째 시집에서 확보한 공간이다. '죄수'는 완벽한 고독이며 단독자이며 자기에게 주어진 형벌을 감내하는 자의 정직한 몸의 리얼리티를 확보하며 제 스스로 인내의 역사를 견뎌가는 존재이다. 이 시대에 자신의 거점을 "죄수"나 "시체"의 몸으로 전이시켜간다는 사실은 그 자체가 묵시록적인 저항의 냄새를 풍기는 행위일 것이다. 그 속에서 시인은 기도한다.

神이시여,
아기가 태어날 때
어떻게 죽을지도 미리
부모에게 속삭여 주십시오.

—「화살」에서

이윤학의 느린 호흡과 긴 신음소리에 비해 위의 인용한 구절은 무척 낯선 속도의 절박감으로 우리를 친다. 불안한 운명의 예언을 담고 있는 저 구원을 향한 메시지를 잉태한 이윤학의 '감옥'은 어떠한가? "형을 기다리는 죄수들"의 "영혼"은 어떠한 거처를 마련하고 있는지……

> 내가 원했던 건
> 지루한 고독뿐이다
> 수많은 빈방을 가지고,
> 지키며 살아가는 그 것
>
> —「聖印寺」에서

> 내가 가졌던 모든 것은
> 감옥을 만들고
> 그 속으로 들어간다.
>
> 감옥 안에는 수많은
> 감방들이 딸려 있다,
> 긴 복도를 바라보는 간수
> 나는 감방을 지키는 일을 한다.
>
> —「긴 점포의 한낮」에서

시인이 원했던 것은 수많은 감옥을 만들고 그 속으로 들어가 텅 빈방, "감방"을 지키며 살아가는 것이라 한다. 이럴 때 시인은 "긴 복도를 바라보는 간수"가 된다. 이것은 외부와의 차단을 스스로 감행하는 적극적인 유폐의 명징한 모습인데 사실 나에게 "나는 감방을 지키는 일을 한다"라는 언술의 단호함이 다소 건조한 시적 환기력을 불러일으키기도 한다. 그러나 시인 스스로 만들어간 그 감방은 건조한 의지의 감방이 아니다. 거듭 말하거니와 우리 인간들은 자신을 둘러싼 외부와의 소통이 불가능함을 깨달을 때 그리고 그 소통의 거짓 개입을 묵도할 때 스스로 감방을, 빈방을 제 몸으로 만들어가는 비장함을 갖고 있는 바 내부로 통하는 닫힌 공간의 긴 통로 또한 무수한 생의 비밀을 간직한 또 다른 신생 구역이라 할 수 있다. 그 통로의 긴 "난간", 그 "기약 없는 기다림의 바닥에 귀를 대고 있"는 "내면의 풍경이"야말로 문명을 살아가는 인간의 꺾이지 않는 의지의 풍경이고 "상처받은" 영혼이 만들어가는 정직한 신생의 통로인 것이다. 그러니 "상처받은" "내면의 풍경"으로 가는 길은 어둡고 길다. 그곳은 "쉼 없이" "사내의 깊은 신음 소리가 들려오고 있"는 곳이며 "늙어서 죽는 커다란 거북이/한 마리/눈을 감고 살고 있"는 죽음이 서식하는 곳이며 "추방당한 그늘들"이 깊게 드리워진 "우물"이나 "검은 비닐 봉투,/골목 안으로 들어"가는 "허연 비닐"의 세계이다. 희뿌연 시선이 벗겨낸 허연 속살이 드리워진 곳, "실체로부터 추락한 그늘들/입 속을 보이고 있"는 곳, "썩어가는 자신의 속을 들여다보"며 "사람들의 시선이/오래 머물 수 있는 곳",

그곳에서 시인은 묻는다.

> 누구를 위하여,
> 파먹은 살점에 고인 어둠을
> 지키고 있느냐
>
> —「겨울에 지일에 갔다 9」에서

라고. 그렇다 "고인 어둠"은 그냥 있는 텅빈 어둠(역사)이 아
닐 것이다. 제 살을 제가 파먹은 자리에 고인 어둠, 문명의 빛
과 그늘의 아픔이 거기 우굴거리며 고여 있는 어둠일 것이다.
그리고 그 이전, 무언가 그 안과 밖에서의 불장난이 있었을
것이다. 문명이 낳은 야만의 수성이 자행한 억압과 폭력의 사
건들이 그것이다. 무서운 문명의 살해가 저질러지고 있다.

> 그녀는 두꺼운 안경을 끼고
> 아궁이 앞에 앉아 있다
> 그렇게 자신의 빈방에
> 불을 지피고 있다
>
> —「깊은 곳」에서

> 거대한 물고기의 등짝,
> 비늘과도 같은 기왓장 위로
> 검고 매캐한 연기가 치솟고 있다

여기서 세월은 멈췄다

누구를 위하여

비늘뿐인 물고기를 굽고 있느냐

　　　　　　—「겨울에 지일에 갔다 9」에서

나는, 대신, 혹독했던 연기를 기억하고 있다

나는 연기가 빠져 나가는 동안

회한이라는 긴 통로 안에

갇혀 있었다

이 난간은,

네온을 두른 십자가들을 바라보는

마지막 구렁텅이와 같았다

　　　　　　—「암흑 속을, 불빛을 깜박거리며」에서

　'그녀'는 불을 지피고 있고 '물고기'는 굽혀지고 있다. 여기서 세월(역사)은 멈춰버린다. 과연 "누구를 위하여" "물고기를 굽고 있느냐"? 시간이 멈춰버린 그 자리에서 "나"는 혹독한 연기를 기억하고 긴 회한에 갇혀 있는 형국. 끊어진 문명의 난간은 이미 네온이 되어버린, 구원이 되지 못하는 십자가를 바라보는 구렁텅이가 되어 있는 것이다. 만약 "불장난"이 없었다면 "연기의 기억"은 없었을 것이고 "물고기"는 등짝이 타지도 않았을 것이다. 엄밀히 말해 문명도 없었을 것이다. 애초에 빈방(빈역사)은 문명이 아니니 문명이

되어버린 빈방(牛역사)만이 의미 있으며 빈방을 빈방(역사
소멸)답게 만드는 행위에 우리의 야만의 역사가 있는 것이
며 그 오랫동안의 불장난이 존재해온 것이다. 그런 의미에
서 시도 어쩌면 불장난일지도 모른다. 자기 소멸, 자기 학
대, 단절의 단절 꾀하기, 혹은 풍자와 아이러니, 기표와 기
의의 도저한 내기 걸기 등등, 그러니 우리의 시도는 어쩌면
모두 헛된 것일지도 모르며 자기 꼬리를 문 뱀의 형상처럼
악순환의 순환을 거듭할 뿐이다. 그래서 그녀는 아직도 "그
렇게 자신의 빈방에/불을 지피고 있"는 걸까? 그러나 그
헛됨과 소멸을 아는 시, 악순환의 고통을 몸으로 받아내는
시, 그래서 시인은 이 처절한 문명의 대속을 치르는 "죄수
들"이 되는 걸까? 그 모습을 극명하게 형상화해내고 있는
다음 시를 보자.

> 떨고 있는 주전자 속에는
> 형을 기다리는 죄수들,
> 차례를 기다리는 죄수들이 있다
> 영혼이 빠져 나갈 수 있는 구멍
> 밖으로 뚫려 있다
>
> 바닥이 탈 때까지 바닥이 사라질 때까지
> 난로 위의 주전자, 더운 김을 뿜어 올린다
>
> 극에 달한 고통만이,

영혼을 건져 올릴 수 있다

—「난로 위의 주전자」에서

　죄수들의, '몸'은 밖으로 빠져나가지 못한다. 다만 영혼만
이 빠져나갈 수 있으며, "몸"은 "감옥의 벽을 넘다 죽"을
뿐이며 더러는 "죄수의 몸의 형체는 외부로 통하는／사다리
꼴이" 된다. "영혼은 벽을 타고 내려와 사라"지기도 한다.
영혼은 그냥 빠져나가고 사라지지 않는다. 제 육체의 소멸
없이 영혼은 그 구멍을 빠져나갈 수 없는 것이다. 시의 운
명도 이와 같다고 할 수 있다. 그러나 우리는 얼마나 정신
만, 아니 관념만 소멸시키고 있는지. 시인이 "극에 달한 고
통만이, 그／영혼을 건져올릴 수 있다"라고 할 때, 예나 지
금이나 고통은 '몸'의 고통이요 몸의 수형생활이다. 아마도
우리는 문명의 역사를 다시 써야 할 것 같다. 시의 역사를
다시 불러와야 할 것 같다. 이제 문명은 타자의 정복이나
위에서 내려다보며 지휘하는 관념의 이성을 땅으로 가져와
제 스스로의 몸통를 갈라 그 갈라진 "몸통의 금들／생의 진
물을 토해 내는 틈"이 되어야 할 것 같다. 지금 인간은, 문
명은, 그리고 그 문명의 찬란한 이파리들은 가망이 없어 보
인다. 가느다란 철기의 유물인 "철사줄"에 불과한 것이다.
그러나 다시 한 번 우리가 "가망 없다는 말-,／끝이라는
말,"을 되뇌이며 "붙들어 매어 놓은 것-,／견딜 수 있느냐
는 물음"임을 확인하자. 문명은, 시는 너무도 제 몸으로 견
디지 못했으므로 그 속도가 자기를 잡아먹고 있으므로 녹이

슬 겨를이 없다. 녹이 슬지 않는 몸을 몸이라 할 수 있을까? 녹은 쇠를 먹어 제 육체인 쇠를 소멸시킨다. 한 번도 소멸되지 않은 육체가 육체일 수 있을까? 재생의 기회를 갖지 못한 육체, 틈이 없는 육체, 제 스스로 지하와 하늘, 과거와 미래가 함께 공존하지 않는 육체, 그 육체는 '직선'을 살았으니 병이 들고 어디 마음 둘 곳 없는 벽에 부딪쳐 깨어지고 말거나 기꺼이 안 깨어지기 위해 근거 없는 광기에 물들어간다. 녹은 슬어야 한다. 아픔을 견뎌야 한다. 속죄의 의식을 치르어야 한다. 견뎌서 순환의 시간을 제 스스로 받아내야 한다. 이것은 시 「깨어진 화분」을 읽으며 든 나의 두서 없는 생각이지만 이윤학의 이번 시집에 들어 있는 시들이 전하는 전언이 대개 그것으로 향해 있어 보인다. 그렇다면 그의 시들은 어떻게 그 긴 시간을 받아내는가. 그 시간의 틈을 열어 공간을 확장시켜가는가. 사실 이윤학의 시로 말하자면 시와 시적 대상인 사물과 사물의 공간을 끊고 가르고 벌린다는 표현이 더 맞을지도 모른다. 행과 행 사이의 거리는 시간의 단절(과거와 현재의 시선 이동)이 교차하고 한 공간을 바라보는 시선의 공간 이동이 인식과 개입의 형식을 띠며 찰깍찰깍 사물의 모습을 흑백으로 인화해가는 병치의 모습을 띠며 분절되어 나타난다. "거울은 모든 걸 확대하여,/구부려 버린다". 그 구부려버린 자리, 그 단절과 분절의 인화, 그것이 주는 미학적 의미는 세상과 자신에게 본래의 서늘한 깊이와 비의가 내재되어 있으니 그것을 비켜가지는 말라라는 의미 그 자체일 것이다. 시인은 "묻히는 고통 없이,/ 파내는 고통 없이,/ 어찌 견딜 수 있겠는가……"
"언제나 나에게 독기를 불어넣어 주는 고통이여,/ 나를 비켜
가지 말아라"라고 전하고 있지 않은가. 서늘한 시선의 살의
를 자기 자신에게로 행사하기, 이것이 이윤학 시에 나타난
사물들이 우리에게 현시해주는 화두인 것이다. 시의 운명과
시인의 운명을 생각할 때 '파먹을 수 있는 것, 나 자신밖에
는 없다' 라는 시인의 말이 이럴 때 더욱 비장하게 울려온다.
시 속의 사물들이 제 스스로의 몸의 틈을 열어가는 고통의
장소로 시선을 옮겨보자. 크게 네 가지의 사건들이 그 몸의
안과 밖에서 벌어지고 있음을 깨닫게 되는데

첫번째, 처단하는 몸,

"여자는 낫을 들고 가지를 친다, 가지는 휘어졌다,/ 끊어진
다."

"하늘은 잘려 나가고 없다. 그러나/ 그곳은 언제나 대낮이
다."

"네온을 두른 전기 십자가,/ 달을 지지고 있었다."

"이 구부러진 길가에는/ 붉은 볼을 가진 홍옥들이/ 늙어버
린 가지들을 찢고 있다."

"이 길은 거대한 가위의/ 녹슨 아가리 같다, 이 길은/ 가위

의 날이 합쳐지는 것을 보여준다.//등뒤에서,/해가 떨어지고
있다."

　"논두렁의 서릿발 위를 걸어간다/논을 닫고 있는 얼음의
유리창/잘렸던 벼포기들이/얼음을 뚫고 나와 있다//싹들은
시퍼렇게 멍이 든 채/허공을 향하여,/잘 가라, 잘 가!//손
흔들고 있다"

　외부에서 가해지는 절단의 도구는 "가위"이고 "십자가"이
며 그 절단이 행사되는 방향은 자신을 향해 있기도 하고 타
자인 대상을 향해 있기도 하다. 그것이 행해지는 날은 "네
온" "붉은 볼" 혹은 "시퍼런 멍"으로 표현되는 색채의 강
렬한 이미지가 그 절단의 강도를 더해주고 있으며 나아가
"대낮" "허공" "해가 떨어지고 있"는 만큼의, 시간의 침묵
과 빈 공간이 그 후를 도사리고 있다.
　두번째, 학대하는 몸,

　"정상에서,/걸레의 먼 후손들이/자신의 생을 비틀어 짜고
있다."

　"풀렸다 다시 조여지는 목구멍,/그 컴컴한 구멍 속은 번번
이/열려 있다, 뚝 뚝/떨어지는 물소리가 들린다.//조여지지
않을 때까지,/조금만 더, 비틀어 줘……"

"내 마음 한 구석에는/아직도 꺼칠꺼칠한/5월의 금빛 보리들이,/고개를 처박고/몸을 비비고 있다"

"거지들은 나무의 상처인 열매들처럼/제 몸으로 둥지를 틀고 있다"

이 학대의 행위는 자신의 몸을 처박고 자신의 몸을 비비거나 비틀어 짜 제 몸의 둥지를 트는 결과를 낳고 있다. "둥지"와 웅크린 몸의 내부는 컴컴한 어둠이 도사리고 있는 "구멍"으로 나 있으니 조여지지 않는다. 외·내부에서 가해지는 학대에도 불구하고 내부에선 "뚝 뚝/ 떨어지는 물소리가 들린다". 이 닫혀 있는 몸 속으로 열린 공간, '구멍'의 이미지, 그리고 거기서 나는 "뚝 뚝 떨어지는 물소리"는 이윤학 시에 나타나는 새로운 이미지의 하나이다. 그 소리는 너무도 생생하게 시·청각을 동반한 깊은 공명을 울리며 들려오고 있다. 안과 밖의 어떤 비의적 통로를 그가 감지하고 있는 것일까?

세번째, 부풀어 터지는 몸,

"저 철조망은 여러 군데 벌어져/밖을 삼키고 있다"

"남자아이는 김밥을 삼킨다/할머니는 자꾸 김밥을 입에 넣어 준다/남자아이는 목이 막힌다/눈이 불거진다//밤송이들이, 쩍 벌어져 있다"

"고개를 숙이기 전의,/눈들은/붉고 작은 전구 같다"

"터질 듯한 배때기,/허물어지는 경계에/힘겹게 매달려 있는 단추들!"

"나를 구겨넣기에도,/그 속은 너무 어둡고 비좁고/터지기 쉬운 곳이다."

"수면 위로 끊임없이 떠올라 터지던/작은 물방울들,"

"내 생의 모터는, 언제/고장난 것인가/터진 것인가"

"벽에 붙은 포스터들,/요란한 속을 뒤집어 보인다."

"꽃봉오리들이 벌어질 때,/내가 가졌던 믿음들은 뒤집히고 있네/모든 꽃들은 뒤집혀서 버려지는 것이네"

극단적으로 확대되고 벌어지는 것은 "입" "밤송이" "배때기" "물방울" "꽃봉오리"들이다. 그것들의 삼킴과 벌어짐이 심화될 때 목이 막히고 떠올라 터져버리고 "쩍 벌어진다". 그리고 마침내 속을 뒤집어 보일 때 비밀은 사라지고 믿음도 뒤집힌다. 그 경계에서 시인의 눈은 불거지고 힘겹게 매달려 있는 "단추들!"의 형상을 하고 있다. 이 삼키고 싶은 욕망과 터지고 싶은 욕망, 벌어지고 싶은 욕망과 뒤집히고 싶은 욕망을 가능케 하는 욕망은 무엇인가? 어떤 에로스적인 살의의 충동이 이 이미지들 속에 숨어 있어 보인다. 이윤학의 두번째 시집을 물들였던 "붉은 열매"나 "흰 꽃의 입은 열린 채로/ 마른다"(「늦은 봄1」)와 같은 이미지가 세번째 시집에 와서는 "터지"고 있는 것이다. 그리고 그 터진 속을 그는 조심스럽게 응시하고 있다. 이제 그는 마지막으로 그 속을 긁어내는 고행을 감행하기도 한다. 그만큼 고통은 배가 되는 것이다. 고통은 극에 달한다.

네번째, 속 긁어내는 몸,

"속을 긁어내는 소리로 울고 있다"

"파헤쳐진 연못이 보인다./ 애를 긁어낸 여자의 자궁과도 같을/ 얼어붙은 연못의 처절한 바닥,/ 허연 얼음 위에/ 긁힌 살처럼 진흙 더미들이 올라와 있다."

내부에서 내부의 속을 긁어내는 작업이 이번 시집의 또다른 변화라 할 수 있겠다. 몸의 체형 변화로 볼 때 확실히 믿을 수 있는 것은 자신의 속을 자신이 긁어내는 행위일 것이다. 그것은 분명한 몸의 전이를 가능케 한다. 그렇게 "연못의 처절한 바닥"이 드러나도록 긁어낸 자리는 이렇다.

바닥의 중심에

양수기의 호스가 닿아 있네

고기들은
비늘과 가시들을 남겨 놓고
딱딱하게 굳은 뻘 위에서
증발해 버렸네

바다 위에는
농약병과 술병이 있네
그 속은 어둡고 비어 있네, 물이
들어가 있던 데까지
허연 표시가 되어 있네

갈라진 바닥을 걸어가네
빗물로 다시 채워질 바닥
고기들이 내려와 살아갈 갈라진
바닥 속을 벌리며
여름의 태양이 타 들어가네

—「저수지 2」

이 시와 두번째 시집의 시 「저수지」와의 큰 차이는 저수
지에 고여 있던 물과 물고기들이 증발해버렸다라는 사실이
다. 나아가 상처를 보듬던 진흙도 긁혀져 바닥이 갈라지고
다만 그 "바닥 속을 벌리며／여름의 태양이 타 들어가"고

있는 그런 저수지가 시인의 황량한 마음의 바닥을 깔고 있을 뿐이다. 이제 우리는 처단과 학대, 팽창과 긁어내기의 고통스런 자기 살 파먹기를 통해 시의 몸, 시인의 몸이 어떻게 전이되었는지 물어야 할 때가 된 것 같다. 그는 "모든 것이 끝난 뒤에／자신의 텅빈 우리가 남는다."라고 쓴다. 그 "우리"에서 "누군가는 불가능을 떠올릴 거고／누군가는 과거로 돌아가려 하고,"라고 쓴다. 시인은 "나는 기억의 포로인 것,／나의 한계는 과거에 있는 것"이라고 '지일' 시편에서 토로하고 있지만 지금 확실한 것은 아무것도 남아 있지 않은 처절한 바닥에서 그가 이제 "구멍 속의 길을 바라"보고 있다라는 사실이다. 시, 「화살」에서의 구멍은 배설의 구멍이지만 우리가 주목하는 구멍은 "어둡고 비어 있"는 "속으로 들어갈수록 커지는" 그런 구멍이다.

닳아빠진 소파가 그늘들을 앉혀 놓고
썩어가는 자신의 속을 들여다보고 있네
실체로부터 추락한 그늘들
입 속을 보이고 있네
                    —「목련나무 아래 놓인 소파」에서

스탠드를 끄고 형광등을 켠다
입구로는 들어갈 수 없다, 그러나
속으로 들어갈수록 커지는 공간,
고목에는 그런 공간이 있다

(……)

바다를 등지고 서 있는 고목의
어두운 구멍은 언제나
그를 향하여 조그맣게 입을 벌리고 있다.
　　　　　　　　　　　　　　—「고목 속의 풍경」에서

　"실체로부터 추락한 그늘들"만이 입 속(구멍)을 보여준다.
아니 그늘만이 구멍을 갖고 있다. 그 구멍은 들여다보는 자
에 따라 "한없이 내달아야 하는 환상의 터널"일 수도 있고
"좁아지며 끝이"날 수 있는 지옥으로 가는 구멍일 수도 있
어 잘못 들어가면 그야말로 빠져버린다. 그러나 그 구멍은
"아무도 없는 방문 안 아무도 상상할 수 없는/ 방문 안의 세
계를 향하여, 그"가 걸어가야 하는 것처럼 안과 밖의 그늘
을 한몸에 드리우며 순환시키는, 그리하여 마침내 "생의 진
물을 토해 내는 틈"을 열어주는 구멍이 될 수도 있다. 아직
우리는 그 '입 속'으로 들어가지 않았고 못했다. 때로 그 입
(구멍)은 우리를 삼키고 우리를 배설하고 우리를 가두고도
있다. 그러나 극에 달한 고통을 감내하고라도 기꺼이 그 벌
려진 입(구멍)으로 들어갈 때(그러나 구멍은 들어가는 것이
아니라 스스로 몸에서 구멍이 나는 것이다) 순환과 재생의
길은 지금과 다르게 그 전이를 겪을 것이다. 그 한 방법이
이윤학이 터득해가는 시의 몸, 행과 행 사이의 여백과 침묵

만들기이며 그것과 함께 또 다른 방법의 하나가 그 시를 가능케 하는 실체, 즉 몸의 발견이요 몸의 전이요 몸의 그늘이고 틈일 것이다. 몸 제 스스로의 존재 전이가 환상을 불러도 그것은 근거 있는 환상이 될 것이고 몸 제 스스로의 학대와 이완이 기꺼이 허방을 내더라도 그 허방의 구멍은 삶과 죽음, 이승과 저승, 과거와 미래, 그 무한한 공간과 시간의 변이를 받아내는 숨통이 될 것이며 죽은 것이 살아오는 굿의 통로가 될 것이다. 그리고 우리는 그 구멍을 통하여 비로소 새로운 어둠의 신비와 빛의 활동을 살 것이며 처녀애들처럼 "당신의 얼굴에 물결들이 지나가고 있어요/그 물결들 밑에서 별들이 태어나고 있어요"라고 식물성 입으로 말할 수 있을 것이다. 그 한 예로서 여기 삶과 죽음의 무한 상생을 아름답게 노래하고 있는 시.

밤에 옥상에 오르는 것은
방을 옥상으로 옮기는 것,
방의 천장을 하늘로 바꾸는 것,
방의 천장은 죽은 추억을 떠올린다.

그곳엔 흐릿해진 꽃잎들이 있을 뿐이다!
그 꽃잎들은 바뀌지 않는다, 위치를
바꾸지 않는다.

구름 속의 별, 구름 속의 달,

구름 속으로 흘러가는 시간들,
그 낮은 하늘엔 파리들이 매달려 있다,
그 하늘에 매달려 죽어 있다.

식탁의 의자 하나를 빼내어
옥상에 올려 놓았다, 흘러가는 천장, 끊임없이 변화하는
천장을 보기 위한 것이다.

별과 달, 그리고 구름들은
싫증난 천장의 벽지를 대신하는 것이다.
　　　　　　　　　　　　　　　　　　　—「옥상의 의자」

　　이제 나로서는 이윤학의 '몸'의 상처와 그 상처가 응시하
는 깊은 시선이 이후 어떠한 변이를 겪을지 확실히 알 수는
없다. 확실한 것은 이번 시집이 보여주는 빠져드는 어둠의
세계를 더 극단적으로 밀고 나가리라는 기대와 바로 그 자
리에서 철기 문명을 가로지르는 비의의 구멍, 틈을 조심스
럽게 열어가리라는 예감이 그것이다. 다만, 이번 시집 『나를
위해 울어 주는 버드나무』의 시인 이윤학의 시를 읽는 문턱
에 이런 시가 있다. 불구의 시, 시인의 길과 시의 운명을 생
각케 하는 이 시의 불구, '집'으로부터 추방당하는 자로서
의 운명, 자신의 '영혼(그림자)'으로부터 영원히 분리된 자
로서의 운명, 더욱 그 영혼의 그림자로부터 쫓김을 당하는
자로서의 운명, 나아가 영원히 다른 집을 찾아야 하는 자로

서의 운명, 이 복잡한 운명의 존재를 평생 끌고 다녀야 하는 운명, 시인의 길, 말이다.

> 낮 동안, 제 집을 쫓아다닌 그림자
> 저녁에 문 앞에 와서 보니, 그 그림자가
> 나였다는 생각이 든다. 잠긴 문 앞에서
> 기다리는 동안
> 나는 집으로부터 쫓겨난 영혼이다.
>
> 나는 지금도 집에 가기 위해 목발을 가지고 있다.
> 다른 집을 찾아가기 위한 목발,
> 내 영혼도 목발을 짚고 쫓아와 있다.
>
> 평생을, 아픔을 끌고 다녀야 하다니!
>
> 나를 생각할 때만큼 고통스러운 적은 없다.
>
> ──「집」

그를 생각할 때마다, 아니 너를 생각할 때마다 내게, 아프게 떠오르는 한 영상이 있다. "아빠는 그것도 몰라 / '하우스' 아니야" "아빠는 잠만 자다 나가, / 아침에 잠만 자다 / 어두우면 나가……" "─ 아빠를 좋아하는 사람은 / 이 세상에 하나도 없어!"

나를 위해 울어주는 버드나무
ⓒ 이윤학 1997

1판 1쇄 │ 1997년 8월 25일
1판 3쇄 │ 2009년 9월 15일

지은이 이윤학 │ 펴낸이 강병선

펴낸곳 (주)문학동네
출판등록 1993년 10월 22일 제406-2003-000045호
주소 413-756 경기도 파주시 교하읍 문발리 파주출판도시 513-8
전자우편 editor@munhak.com │ 전화번호 031) 955-8888 │ 팩스 031) 955-8855

ISBN 89-8281-075-7 02810

＊ 이 시집은 대산재단 창작 지원금 수혜 시집입니다.
＊ 이 도서의 국립중앙도서관 출판시도서목록(CIP)은
ʹ e-CIP 홈페이지(http://www.nl.go.kr/ecip)에서 이용하실 수 있습니다.
  (CIP제어번호: CIP2009002725)

www.munhak.com